Bridge

北爪満喜

思潮社

Bridge

北爪満喜

目次

写真＝著者
ブックデザイン＝コイズミアヤ

Bridge

北爪満喜

消えられないあれを

にぎやかな港の
海に落ちていた　自転車

青緑色の水中に　横ざまに倒れて
沈んでいる
知らない自転車の
いつ沈められたのかわからない車輪は
藻だらけで

ゆらゆらする波にゆすられ　歪んで
いびつに見える

捨てられた日からずっと
港をゆく人々に見られて
消えられないあれを

夢の中に手を差し込んで
置き去りにした私を
だらりとした腕の
消えられない少女を
抱き上げて
抱えて来たい
何度も思う

藻だらけになった自転車は
ハンドルを首のように傾げ
水の底から空へ
首をうわ向けている
まるで私が見えているように

まるで私を見ているように
夢の中の少女も
きっと首を上に向けている

目を向けあう
まなざしのロープ
見えたなら

垂れていた腕をあげて
ロープを摑んで
ゆらゆらのぼってくる言葉を
はっと
書き留める　ここで

水の底のように歪む膜を
破って
引き上げられる

この今　に

まだ落ちてこない雨が

濡れた砂に
たくさんの足跡がくずれて
いまはいない人たちが行き来している
聞こえない足音が砂を踏む

雨の雫が溜めた時間を
みずたまりといっていたのだ

耳に透明な雨音が鳴って
みえない雨が　小さなみずたまりに
無限の水の輪をゆらし続ける

名前のしらない草ばかりが生えている道が
私のいちばんはじめにしった道だった
遠く
足首を濡らしながら草のなかをこどもが歩いている

*

今朝小雨の降る庭で
ベッドに横たわり震えながら　置き去りになっていた
育った家の庭で濡れながら
ベッドの上で冷えた体を起こす

家は閉ざされどこにも明かりはない

オトウサンッ　オカアサンッ
叱りつけるような声でつよく呼び
わけもわからず夢からさめた

父や母が死んでしまっているのを
私は理解しているようだ
家に帰れないのもわかっている

＊

はばたきをやすめさせたこずえから
みずたまりに　このはがつつみこんだしずくがおちる
あわ　あわ　あわあわあわあわ　あわ

みずのはんきゅうがうちがわからかがやく
くものひかりがはりつめてわれる
みずのばくはつ
おおきくゆれ　みずたまりにいくえものえんをひろげ
われつづけひとみをおぼれさせる　あわ　あわあわあわあわ
わたしはどこにたっているのか

*

砂の上を歩いて
くるくると蔓を巻く藤の下へゆく
花のない藤棚の絡まる枝に
風が吹き　みえない紫に頬をなでられ
花言葉を思いだす

「決して離れない」

離れなければいい　離れないで
花言葉もしらずに
やわらかい唇で藤の花がすきと
私の目にいったのだから

*

くうちゅうであまつぶがうかんでいる
ほんとうはまだあまつぶではないちいさなみずが

こどもたちがきのまわりをかけまわっている
ふといみきのまわりを
とうかまえの　じゅうねんまえの　ひゃくねんまえの

こどもたちがきのまわりをかけまわっている

わたしは
すなのうえにのこっているあまつぶのくぼみを
ふんでこうえんをよこぎっているところ
かしわのきをすぎる
わたしはこどもだった
みずたまりがゆれる
わたしにはいちどもこどもがいない

みずたまりへとりが　おりている

＊

上がった雨

陽の座る木製のベンチの後ろへまわると
影のなか木のすきまから
ベンチは無数の雫を砂へ落としていた
何列もの雨粒の跡が線になってついている

後ろからみたら
私のすきまは　どんなふうに雫を落とし続けているだろう
消えずに私とともにあってくれるのはどのくらいの間だろう

きっと忘れてしまう
大切なものをとどめるように
ベンチの下の砂に残った雨粒の線を焼きつけた

*

砂の下へ　みずたまりが落ちてゆく
地中へ数かぎりなくみずたまりが沈む

守れなかった
私は網のようだった
豊かな水が通りすぎて　晒し続けてしまった骨が白む

とめることはできないから
わずかなものを掬ってゆく
だいじに　この網で

失われるのはたやすいから

ささやかな消えない日々を
唇をやわらかくして話したことを
てんてんと　夜のなかに輝かせ
繋いでゆけば　星座が灯る

その空の下で　血の闇を抜けよう

神無月に

大空の目は白い巨大な渦をともなって近づいてくる
多雨の朝　風はまだ
砂の上のみずたまりに
雫のざわめきが歓声となって昇るここ
雨の流れの広がりは　深まりうねり川となり
はやまり削り合流する
砂上の水は
いつか遥かな高さから見下ろしたシベリアの大河のうねり

空からの眺め　引きとって
ミクロになって河岸の一粒の砂につかまり
うねる雨水の流れを見つめる
見飽きなかった子どもの私が笑いだすと
声に誘われ　巨大な渦の雲の目をくぐり
笑いながら駆けてくるのは風の精
限りない天を守る童子の気配が　解き放たれてくる
天空から振り向く澄んだ童子のまなざしに包まれ吹いてくる風
細長く砂州が横たわるあれは天の橋立か
水のあいだを分けて連なる砂は弓なりの橋立へ
よさの海はどちらだろう
雨のざわめきの昇るなか
遥かな呟きが聞こえてくる

カエデの葉が波音を立てて飛ぶ
じざいな颪は
大空に開いた目の瞬きひとつで　吹き降り　渦巻き　かけあがる
砂の広場は荒磯
神のいない秋に
木々の梢は頭をゆらししなやかに
風波にのる龍だ
飛沫く颪の海
頬を肩を背中を押され
しなう私は
薙ぎ払われる
押し寄せる波に首をすくめ
繋げる手のひとつもないまま

カメラを手に歩いていく
すずかけの木はどこにあるのだろう
落ちている実にそっと近づいてゆく
足元のシルエットはどうしてこんなに黒いのだろう
久しぶりの陽に照らしだされて
砂の上に黒々とくっきり
片手をさしのべた怪しい指には四角い形が握られている
身をかがめ
何かをかすめとろうとするようにそっと近づくシルエットの
私に私が怯む
何も得られるわけではない
ただ光の　今の　切れ端を　子どものように拾っているだけ
足裏から時間が昇る　私に溶ける

立ちどまる水の柱になって
歩きだす水の風船になって
めぐる水音はここを超え時と混じり鼓動をはやめる
ギュッと握ってくしゃくしゃにしたきれいな葉っぱの
青臭さがくる
ギュッと握ってどきどきして今を破りとっている
シャッターを切るシルエット
何も得られるわけではないけど
すずかけの木はどこだろう

水の夢

ゆらいで　いつもの道が水に沈んでいる

水面が首すじをひたひた浸して
深い水の中を杖をついて歩いていく
木の枝の杖を　水底に
刺して進むと　家の門口で止まってしまった

水の中を歩いて過ぎていくのは近所の人だろうか

特別に騒ぎたてたてはいなくて
深い水に浸かったまま
木の枝の杖を握って家の前に止まっている

夏休みにはプールに通って
小学校の水色に塗られた臭い消毒槽の階段を
数段下り　冷たい溶液に乾いた体で
いきなり　腰まで浸かるのが冷たくて臭くて嫌いだった

建て替えた家には二階があって
玄関には青いポールが一本立てられ庇を支えている
おじさんと呼んだ父親の
設計した木造の二階から
フェンスや木々越しに学校のプールがちらちら見えた

家の形は頭の中から出てくるものだから
家は　おじさんの頭の中から出てきて
物になって　入れ物になって
父は入り　祖母も母も入る
私も入り　すぐに出てしまった

消毒槽の嫌な匂いではないけれど
濃い血の匂いがする
首まで浸かって門口に立っていると
水の粒子が蒸発して　辺りを血の匂いで霞ませてゆく

青いポールを見つめ続けていると
目を離したとき赤になるので見つめない

光の切れ端をあつめる

風や雨　時間をくぐった木の
扉に
葉の影がある　揺れて
うつろう葉影に立ち止まる
ざわめきがする　体の深く

体の奥の野原に
古い木の扉が立っていて

ぎぃー　と開く
すると白く乾いた土の道に　父と母が並んで立っていて
その背後に無数の父と母が果てしなく並んでいる
白く乾いた土の道で
みな眼を伏せている
光は　もう失っている身体には
いらないのだろう
透き通った風が父母たちのなかを吹いてゆく

どこまでも並ぶ無数の父母たちの列の
その隣り
もう一組　私を育てた父母がいて
空のまなざしのような光を受けている
後ろにはあの土の道はなく

言葉で道ができている

どちらでも　いい
ざわめきのまま
切れ切れでも息は
柔らかく繋がれては敷かれ
組まれてはほどけまた組まれ
　コト　ハ
　　言　羽
言葉の羽根で
道は行ける
どこまでも
澄んだ川も流れていて
水ノニオイ　風ノニオイ　空ノニオイ

雨ノニオイ　ミナチガウ青ノオト
言葉の道を
羽ばたき行くと
土も空も潤いはじめ草の原が開けてきた
体の奥の野はしずか

水の囁きが波打つ川岸
私は
川辺に咲いているクローバーの白い花々をのぞき込む
水辺の光が照らしだす
あっ　よつ葉
腕が
翼のように伸び
川面に

明るい影が映った

きょうはこの　光の切れ端を連れてゆく

輪郭線

崩れている朝
瞼の内に　自分の名前を書いた

カケラならひろい集められる
粉のように崩れたら
飛ばされていく
思わず輪郭線を引いていた

冷えた靴をはき
朝の公園まで歩いていく
少ない人影
あたりをまわって掃除の人がゴミを袋に入れていく
袋へ捨てればゴミは見えなくなっていく

きちんと捨てて見えなくなったはずなのに
固く尖った消せないことが
ときどきなんでもない会話の背後から振りかざされ
私を打つ
打たれる

公園の梢では鳥たちが鳴き合い
はばたき合い　騒がしい

打たれても泣けなかった
痛くても感覚しない

感覚しないまま書いた言葉が
書き続けてきた小さな言葉が
揺れ動く木々のその奥へ
私の私たちの棲まうほうへ
響いてきて悲鳴をあげた
閉ざしてきた深みから
ようやくあげられた悲鳴
混じり合って
暗闇が裂け
青がとくとく溢れ流れた

震えている枝に触れてゆく
手探りで辿ると木々の奥で
飛天のこぼす光のように
コ　ト　ハ
琴羽
目映く呼ばれた
私の
あたらしい名前
ざわめく葉擦れ
揺れしなう枝
手繰られながら変わってゆく
輪郭線が変わってゆく
限るための線ではなく
奏でるための張られた弦へ

誰かが歩いてくる音が隣りを通り抜けたあと

琴羽の指の奏ではじめる
弦は鳴り梢を離れ
流れていく
空の高くへ

響き

水泡　鈴の音
砂の上に
水たまりに
雨の音

秘せずに割れた身の入った実
名前の言葉の込められていた実
トウメイに閉ざしていた　伽藍

二つに割れて
二つの名前

たちのぼる今と
流れ出す源の
名前の姉妹の住処の伽藍

雨の雫の生まれる空に
愛しいものの気配のように
揺れる雲が流れてくる
ことは　と
琴羽　とだれかにわたしは呼ばれている
声ではない声
天乙女でしょうか

見つけようとしてはいけない
雨の雫の漂う空から
吹き降りる愛しい気配はきて
綾なす風は羽のようで
天乙女でしょうか
声にならない声はあふれ
あやは　と
綾羽　とわたしはそっと呼んでいた

水泡　鈴の音
雨の音

名前の言葉の身の入った実　伽藍

二つに割れて
二つの名前
儚くはない
響き　朝の

伽藍

仏師の手になる童子たちの水晶の眼に宿る鋭い力が見通していく
ここ　私の立っている仄暗い美術館の床から
気迫が千年を貫いて　遥かな時と繋げてくれる
私は息をしている

童子たちのたたずまいに呼吸を委ね　内側からほどけてゆくことを夢見た
言葉で渡された秘密が私の庭を粉々にした
夜も昼も確かではまだなかった幼い大地が砕かれた

崩れたまま変わらない日常を
罅ひとつない体でトウメイに閉ざし
私は息をしていた　伽藍の中で

伽藍に　童子の水晶の眼差しが
剣となって突き刺さる　切り裂くように繋げてくれる
朝ごとに　もう死んでしまったと言いながら
ベッドから起きあがる大人の体に微かな光が滑り込み
乾いて剝がれ続ける瞼のうちの奈落を逆さまに落ちる私を
童子の眼が見届けてくれる

外では秋の木の葉が強い風に擦れて鳴っている
私は身を起こし　ドアを開け
朱雀*の空のまだ落ちてこない雨を確かめた

雲がするする離れてゆくと飛天が絹の衣を揺らす
ゆっくりと楽が流れるような滑りだす雲の揺らめきに
伽藍の何が揺すられたのか
呼吸が飛天の空へと開く
ひとひら　花びらが舞い落ちてきて　手のひらでそれを受け止めた

聞こえる　飛天の空のほうから響くもの
言葉だろうか
ことば　だろうか
聞き取れないまま耳は迎え
名指されたようにはっとする
わからないそれはまだ楽の音だった
響きが伽藍を巡っている

眼差しで刺し貫かれたトウメイな伽藍の
裂け目から荒むように何か流れてゆく

伽藍を流れ去るものは私が生まれるために失われてゆくのだろうか
濁りは凍らせたものが溶けだしたしるしかもしれない
解凍させてもいきかえらない金魚やインコや

息をふきかえさない仔猫たち
段ボール箱の舟に乗せられた仔猫たちが家の裏の川を流れてゆくとき
冒険のようで楽しくて　どこに着くの？　とたずねたら
口をつぐんでしまった祖母は　私がいつまでも笑顔なので
やがて声を落として　しばらくしたら沈むのだと言った
あの川岸の何もかも引き受けていたもういきかえらない祖母
をも柔らかくまき取って　外の日差しや夜空の中へ紛れるように流れてゆく
伽藍から失われ流れでてゆく

朱雀の空の　木漏れ日の奥に響いている　飛天の衣擦れ
風はまだ　肌に冷たい

＊朱雀　南方をさす。方位の四神の一つ。

玄武の空がほそくながく

わたしのみていた
物語が
あなたの地層で
春がすぎ夏がすぎ秋がすぎ冬になり
冬のなかから春がきて夏がきて秋がきて冬がさり

湿度に発光し
いつしか芽吹いて

香りのよい花をつけた

あなたの地層で共有する物語の細い根が細やかにのび
茎をたて　闇を破る
その音を聞きたかった

うつくしく　晴れた
かけがえのない昼
肩の奥のあかるくまわる骨が
ふるえる肩に掌をのせ小さく首をふって
繋がりを落とした
というわたしの曇りを払う

小石を踏みながら並んで歩く　靴音が物語をまた編んで

そっと吐く　息は　果てしなく　空の高みへ
のぼってゆく
のぼってゆけ　この昼を

龍のように
時を破って
高みへ深く息がのぼると
玄武の空がほそくながく
わたしたちの息を
溶かして
地上を青く見おろしてゆく
もやのなかに
まぼろしが
本州のかたちに　霞み　現れ

鳥のように上空から
しだいに地上に近づいてゆくと
玄武の空の青の下
懐かしい木々のざわめきが
風にのって聞こえてくる

急降下すると
広々とした
野には村が現れて
あちらこちらに点在する
茶色い草木の屋根の庭には
そよぐ樫の木々のそばに
数羽の鶏がかけている

まだ　小さいあなたとわたしは
庭にでて　そよぐ緑の木の影で
小さな杯を行き来させ
発酵した甘い飲み物を飲んでいる

＊玄武　北方をさす。方位の四神の一つ。

海辺

ここにない潮のにおいが
ビルの合間の公園の
風にしなって荒れる枝から押し寄せてくる

耳だけになると
満ちてくる
波の音が打ち寄せて
くるぶしが水に濡れてゆく

私の水着の肩のとなりに
ブラウスを羽織った水着の肩
もう砂浜にいて
歩いている
座って砂を握っている
反射する海の光を浴びつづけ
目がチカチカする　熱した浜辺
すれ違うビーチサンダルを避け
磯に回る
小さなカニが岩の間に逃げるから
覗き込む
長い髪がこぼれて
白い横顔を隠していった
打ち寄せる波にすっかり濡れても

水着の上に羽織っていた薄いブラウスを脱がなかった
渦を抱え
気むずかしそうに
陽を避けて細めた目で笑う
並んで私も目で笑う

一度きりの夏の海
失われた星といた

夜の落ちる砂時計

夜の落ちる砂時計
音もなく砂の行方を追った
窪んで　遥かに　森の中へ
森などしらないのに木々の奥へ
腰まで繁る草をはらって歩いていた
いつからか生い茂る木々がまばらになって
ぽっかり穴が開くように草ぐさが明るみ開かれている

体の奥の野だろうか静まった梢の下
ささげた片手の指先に蝶をとまらせた小さな子どもが
素裸で草に囲まれて座り眠っているような瞼でいる
草ぐさが翡翠の色に輝く
いまにも地上から飛び立ちそうに子どもの周りで揺れる葉擦れ

風がこえてくる　やわらかい
草に濡れた風が届くと
頬や額から翡翠に染まりわたしはちりぢりに裂けながら
静かに草の根をのばし
守るようにあの草ぐさと繋がって子どもに語りかけはじめていた
窪んで　遥かに　森の中で

だれだろう声がかすめて響いた

鳥

見上げているまなざしの先を見ずに
強く見ているあなたの目を
見つめてしまった
ぎゅっと　黒目がつかんでいる
わたしのしらない何か
届かなさに
心臓を落としそうになる

みずいろに霞む空のなか
昼の月が梢に掛かると　ちらちら光がゆれだして
梢にのっていた鳥が　ふいに高く鳴き声をあげた
わたしは名前を呼ばれた気がして
うつむいていた顔を上げる

あなたのまなざしが戻っていた

しずまった首のラインを見る
鋭いまなざしにつづく曲線
なだらかな肩にたたまれた風

消えやすく強く輝くものを
飛び去ってしまう心の何かを

わたしを消して　あなたの黒目は
つかむために飛んだのだ
翼をひろげた鳥になって

見上げると明るむ昼の月は　渡ってゆく鳥たちと
山際へと傾いていた

この刻時は　いつか
点を結ぶ　星座をつくる

朱雀のほうへ

声の輪郭を
なだらかに冷たい焔が流れ
丘に立つ　木々が
きょうも揺れだしている

紡いでいく言葉を茂らせて
日々の木立の
さざめく葉擦れ

緑に芽吹きはじめた蕾は
まだ閉じて枝で揺れている
丘にかかった雲は
ちぎれて

解けない問いは
凍った谷から羽ばたいて
怪鳥の姿でやってくる
枝に爪立て飛び立っては降り
丘の木々は揺すられる
　おまえたちは
　　なんと
　　　名指される
おまえは

誰の
　姿を孕む
消すことはできない
わたしたちはここ

揺すられる木々の葉はこぼれ
傷つき小枝を折りながら
光を摑み芽吹き続ける
朱雀のほうへ
向けられる明日

どこかで雨が降って

晴れている
青空には鳥も飛んでいるのに
どこかで雨が降っている
触れた雫にひやっとして
思わず自分の胸を押さえた
深い霧の匂いがくる
きしみながら息をする

かみあわない　波立つ　ずれる　こすれる
ぴたっと閉じられない
だから　少ししか開けられない

のぞき見るように外へゆく
明るいフリ　元気なフリ　整っているフリ
ねじれて
ひとりだけになれた夜
星空の下で割れてしまいたくなる
けれど星座に見つめられた
ずっと知っている星座
ずっと会ってきた星座

時を流れうねり巡り

ここまで流れついたのだから
大丈夫　これからも　ここを行ける
どこからか微かな声が聞こえて
もう一歩だけ
息を吐く　少し前に行ってみる

光の十字

玄関の朱色の郵便受けから
出てきた小学生の私あての年賀はがき

美しい鳥が長い羽根の翼を広げ
風にゆらりときらめいている
光の十字が翼じゅうに散って
流れる羽根がうつくしい

年賀はがきをくれたお正月
おじさんおばさんと呼んだ二人に
あなたは連れられてきて
よそゆきのワンピースが似合っていた
上手な年賀はがきの鳥は
火の鳥*のまねだと教えてくれた

私も漫画をまねてみたい
まねる絵を一つ決めて何度も描いてみた
みたけれどつまらなくて
気持ちがぐにゃりとしたゼリーになった
でもあなたは好きだから崩れない
まねたのは子犬だったけれどもう名前すら覚えていない

年賀状の絵の鳥に見たはじめてのあなた
翼じゅうを光の十字で散りばめた
はじめてのあなたの内側にあるきらめき

失われるとは決して思えなかった　星
綾羽

玄関には
青いポールが立っていた

＊手塚治虫の漫画『火の鳥』で描かれた不死鳥。

氷と蝶と

日曜日　朝の公園に子どもたちの声があがる
白い砂　飛びたつ鳩
ふりそそぐ光の中で
まなざしを閉ざすと氷が浮きあがった
私から溢れた闇の中に　いびつな輪郭を虹色に光らせ
誰からもみられないのに
透きとおりながら大きくなってゆく
育ってゆく氷

顔の高さに浮き
ときどき冷たく輝き
砂を踏んでゆく私についてくる
緑の梢に風の言葉がしなって
氷のまわりの闇を回す
木陰では
犬が地に鼻を這わせて匂いの書き置きを読んでいる
「パターソン」[*]を観てから犬が怖くなっている
映画の中で犬は主人公が詩を書き溜めたノートをぐしゃぐしゃに嚙み砕き
絶望させる
曲がって小道へ入ると
ひとみの切れ端がひらひら漂って
蝶だった
忘れていた記憶に蝶がとまり古い家のページが開く

玄関の青いポールを握って
私たち子どもだった
綾羽から初めて聞いた自分たちのことで
世界が庭で崩れ落ちた
家も学校もすべて壊れた
破壊された粉々が　尖って
皮膚を切り　氷の核になる
雪が降る　深々と重く埋めるように
けれど子どもに
絶望はくることができない
小熊になって雪穴で冬眠するくらいだ
冷え切ったまま大熊になれなくても
生きている

小道に続く花々の蜜を蝶が吸う
梢の葉のそよぎを
みつめていて　晴れていた
氷は肩のあたりに浮かび
木洩れ日の葉影の薄闇に手指を撫でられる
死者たちのあいさつの手紙が渡される

まなざしの奥へ木洩れ日の文字は落ち
私の氷は溶けだして
すこしずつすこしずつ冷気からほどかれ
深い闇の中へ悲鳴を眠らせる

＊パターソン　ジム・シャームッシュ監督による映画。

口を結んで

帰り道　口を結んで歩く
痛かった　温かい内側の闇にまだ傷が光っている
いない子どものいらないベッドが厚くなりすぎないように見張って
丸い天蓋にいっときだけ鋭くつけられた　傷の　光る
軌跡はどんな物語を語るのか　痛みの記憶は
星が流れるようにすうーっと流れ闇のなかへ消えるだろうか

口を結んで歩いている　ドラッグストア自販機コンビニ喫茶店

交差点で立ち止まり下を向くと
歩道に一枚だけ大きなタイルが貼ってあり
バッタが描かれていた
草の茎の上　足を折りたたんで　今にも飛びそうに目を光らせるバッタ

交差点のまわりはうす暗い二階建ての駐車場だらけ
がらがらで空きスペースばかりの暗がりに吸い込まれそうになり
赤信号の間　足をひっと地面に押しつける
その力できつくつぶした　からっぽ
からっぽの物語を踏むと　何も聞こえなくしていた耳に
どうしてかタイルのバッタが昆虫の羽根で風を起こし　草を揺らし
さらさらと葉ずれの音
風が通る
皮膚が緑の風に染まり　私は野原に立ったことがあったと思い出す

自分の鼓動が聞こえはじめて

横断歩道の白線に　一行一行横書きで
私の一番大切なことを思い出し　プリントしていきたい
飛んでゆくバッタのように折っていた足を放った

Bridge

広い流れに掛け渡された鉄骨とコンクリートは揺れて
立ち止まると　体は上下に揺すられる
流れる川の上空で娘は浮かぶ

橋の中央が跳ね上がって　ここを昔　船が通った
目を細めれば行き来する見えない大小の船の影
車やバスで休みなく震え続ける橋の上
鉄骨のアーチがくっきりときれいに空に架かっている

無数に斜めの鉄骨がアーチを支えるために止められ
三角の空を雲が行く　三角の梁から鳥が飛び立つ
鉄骨から　ふわっと足を離し　胸をはって飛ぶ　あれは鳩
もういない祖母の鳩胸の襟
古い時間の祖母に触れ　鳩になり翼を開いてみる
震動する橋でうわ向くと
ふわり　私は私を外れ　みるまに飛翔　舞い上がる
高みの風は銀に輝き　密集するビル群の上
風を切り眺める高層ビルの　間に東京タワーが光った
赤い鉄塔は少し懐かしい
ふるふると目の奥で滲みだす　祖母や母との古い暮らし
家の中のまどろみ　団欒　温かい良く動いた手
祖母は母は　支える　支え続けてきた
アーチのようなものを日々を

能力はひっそり家の中に閉ざされ幽かにされてゆき
他の何かになれなかった

ここにない空に飛行機が大きくアクロバット飛行する
祖母の声が滲みだす　ちょうど旅行の途中でね　電車で東京を通るとき
走る窓から見えたんだよ飛行機が次々輪を描いて　オリンピックが始まって

東京という地名で祖母と私が重なるただ一つの記憶が去ると
鉄骨に並ぶ疣のような白いドットを見ながら渡った
並ぶ白いネジの頭には茶色い錆がギザギザ走って
霞んで震えてわからなくなる亀裂の走る今この時を
斜めに止められた鉄骨のように　祖母たちや母たちが現れて
生キ延ビテ、　と叫びを上げて
娘の橋　橋を支える

あとがき

私は沈んでいた何かを引き上げることができただろうか。
何冊も詩集を形にした今になってようやく、詩の言葉を書くことで向き合えるものがあった。言葉で向き合うことは、私に広がりを与えてくれた。温かさを与えてくれた。心を尽くして書きながら、言葉に連れ出された世界を生きたことこそ、かけがえのない浮上だったのかもしれない。
もしもこの詩集を読んだ誰かが、胸に抱えたものを、少しでも軽くしてくれたらいい。そんなささやかな希望も抱いて一冊の詩集をまとめた。

この詩集を編むにあたって、編集に丁寧に付き合ってくださった思潮社の藤井一乃さん、そして詩集のデザインを引き受けてくださった美術家のコイズミアヤさんに心から感謝の気持ちをお伝えしたい。また、時間を割いてこの詩集を手にとってくださった方に、お礼申し上げます。

二〇二〇年七月

北爪満喜

北爪満喜（きたづめ・まき）

群馬県前橋市生まれ

詩集

『ルナダンス』（書肆山田・一九八八年）
『アメジスト紀』（思潮社・一九九〇年）
『虹で濁った水』（思潮社・一九九三年）
『暁：少女』（書肆山田・一九九七年）
『ARROWHOTEL』（書肆山田・二〇〇二年）
『青い影　緑の光』（ふらんす堂・二〇〇五年）
『飛ぶ手の空、透ける街』（思潮社・二〇一〇年）
『奇妙な祝福』（思潮社・二〇一四年）

Bridge

著者
北爪満喜（きたづめまき）
発行者
小田久郎
発行所
株式会社思潮社
〒一六二―〇八四二 東京都新宿区市谷砂土原町三―十五
電話〇三（五八〇五）七五〇一（営業）
〇三（三二六七）八一四一（編集）
印刷・製本
創栄図書印刷株式会社
発行日
二〇二〇年十月一日